Ich bin Nele

Usch Luhn

Nele macht eine Reise

Mit Illustrationen von Carola Sturm

cbj

Nele hüpft aufgeregt durchs Kinderzimmer. Heute fährt sie zum ersten Mal mit dem Zug. Zusammen mit Mama besucht sie Großtante Adelheid in einer anderen Stadt. Eifrig packt sie ihren nagelneuen Koffer.

„Mama! Der dumme Koffer ist viel zu klein!“, ruft Nele und eine dicke Träne kullert über ihre Wange. Denn ihr Lieblingsbuch und Hund Bertha wollen einfach nicht mehr hineinpassen.

Erst als Mama beim Packen mithilft, klappt es. Schon steckt Papa seinen Kopf zur Tür herein: „Na, Nele, alles bereit für die große Reise?“ Nele nickt. „Dann auf zum Bahnhof!“

Als Nele mit Papa und Mama in der großen Bahnhofshalle ankommt, staunt sie: was für ein Gewimmel und Gewusel!

Koffer und Taschen in allen Größen und Farben, und manch ein Reisender hat sogar sein Haustier im Gepäck. Nachdem sie auf der großen Anzeigetafel das richtige Gleis gefunden haben, bringt Papa Nele und Mama zum Zug.

„Alles einsteigen bitte!“ Der Schaffner pfeift in seine Trillerpfeife, dass es Nele in den Ohren saust. Schnell steigt sie mit Mama in den Zug. Papa schiebt den Koffer hinterher.

„Türen schließen!“ Papa bleibt vor dem Zugfenster stehen und winkt Mama und Nele, bis der Zug aus dem Bahnhof gefahren ist.

Der Zug ist rappelvoll. So viele fremde Menschen! Und alle suchen einen Sitzplatz. Zum Glück hat Mama für sich und Nele zwei Plätze in einem Abteil reserviert.

Nachdem sie ihr Gepäck verstaut haben, flüchtet sich Nele auf Mamas sicheren Schoß. Von dort schaut sie aus dem Fenster. Sie sieht Wälder, Felder, Kühe und sogar Pferde ganz schnell vorbeirasen. Dann sieht sie sich im Abteil um. Komisch, dass die anderen Reisenden alle Zeitung lesen. Draußen ist es doch viel spannender!

Auf einmal wird der Zug langsamer, und der Zugführer macht eine Durchsage: Gleich hält der Zug an der nächsten Station. Nele sieht viele Leute am Bahnhof stehen, die in den Zug einsteigen. Da hört sie einen lauten Pfiff und der Zugführer winkt mit seiner Kelle. Und schon geht die Fahrt weiter.

Plötzlich geht die Abteiltür auf und ein Junge setzt sich auf den freien Platz gegenüber von Nele. Der Opa des Jungen hievt einen riesigen Reisekoffer in die Gepäckablage. Auf dem Koffer sind viele bunte Bilder. Nele guckt neugierig, und der Opa erklärt, dass er von jeder Reise ein Abziehbild mitbringt, das er auf seinen Koffer klebt. Nele findet das schön. Sie nimmt sich vor, auch ein Bildchen von ihrem Reiseort auf ihren Koffer zu kleben.

Der fremde Junge heißt Lars. Er hat ein tolles Polizeiauto, mit einer furchtbar lauten Sirene. Die gefällt aber nur Nele. Lars' Opa guckt ganz streng.

Deshalb verziehen sich Lars und Nele hinaus auf den Flur zum Spielen. Da kommt der Schaffner. Er lässt sich von den Erwachsenen die Fahrscheine zeigen. Und Nele und Lars schenkt er einen Bastelbogen mit einem Zug und eine Spielzeugfahrkarte.

Der Schaffner ist sehr nett. Er fragt Mama und Lars‘ Opa, ob er den Kindern den Führerstand zeigen darf. Dort sitzt der Zugführer ganz vorne im Zug in einem abgetrennten Abteil an seinem Führerpult. Er erklärt Nele und Lars, dass der Zug kein Lenkrad braucht, sondern die Schienen und Weichen die Fahrt steuern. Nele staunt nicht schlecht. Das Wort „Weichen“ kannte sie noch gar nicht. Das muss sie sich unbedingt merken.

Leider müssen Lars und sein Opa vor Nele und Mama aussteigen. Nele ist darüber richtig traurig. Nicht einmal das kleine bunte Abziehbild, das Lars' Opa ihr zum Abschied schenkt, kann sie trösten.

Dann fängt ihr Bauch auch noch schrecklich an zu brummen. Aber da weiß Mama Rat. Sie hat Obst und Brötchen mit, auf denen ist Neles Lieblingskäse. Dazu gibt es Früchtetee aus der großen Thermoskanne. Mittendrin ruft Großtante Adelheid auf Mamas Handy an. Sie freut sich schon sehr auf ihren Besuch und hat einen leckeren Apfelkuchen gebacken. Jetzt kann es Nele gar nicht schnell genug gehen.

Aber noch sind sie nicht da. Unruhig rutscht Nele auf ihrem Sitz hin und her. Mama holt den Malblock und zwei Stifte aus der Tasche und teilt das oberste Blatt mit einem dicken roten Strich in zwei Hälften. Jeder, der zuerst eine Kuh sieht, darf einen Strich auf seine Seite vom Papier malen. Bei einem Pferd gibt es sogar zwei Striche! Im Nu hat Nele sechs Striche auf ihr Papier gemalt. „Gewonnen!", strahlt sie.

Plötzlich knistert es im Lautsprecher und der Schaffner sagt den nächsten Halt durch. Huch, das ist ja die Station, an der Nele und Mama aussteigen müssen! In Windeseile packt Nele ihre Spielsachen ein, schlüpft eilig in ihre Jacke und setzt sogar ohne Meckern ihre Mütze auf. Im letzten Moment blickt Nele nach oben und zieht Mama am Ärmel: Beinahe hätten sie Mamas Schal auf der Gepäckablage liegen lassen!

Langsam fährt der Zug in den Bahnhof. Nele und Mama haben sich schon an die Tür gestellt und Nele hüpft vor Aufregung auf und ab wie ein Gummiball. War das nicht gerade Großtante Adelheids geblümter Hut vor dem Zugfenster? Als der Zug anhält, drückt Nele ganz fest auf den Türöffner. Ohne Mamas Hilfe steigt Nele aus und stürmt freudestrahlend direkt in Großtante Adelheids Arme!